荒海や　鯨吠えるか　石巻

押しよせる　津波おそろし　横の滝

春泥に　かしげたるまま　寺の段

手袋を　はずせばおがむ　春の海

背の高き　父の棺に　春の風

忘れ得ぬ　父の背中や　校舎春

三月すぎ　雛も供えも　元のまゝ

石巻　春の漁港は　声絶えて

春の闇　無灯の中を　光かな

がれき山　今日も口惜しい　四月雲

水すまし　水をかいても　元の位置

もらい火の　線香花火　頼りなき

神棚に　りんご供えて　神無月

秋雨は　猫追う様に　路地に降る

コロッケに　秋の陽ざしと　ぬくもりと

残雪に　庭の老犬　陽をさがし

人まばら　日記積みたる　書店かな

3・11

濃く赤丸の　カレンダー

未来にむけて前へ進め!

3・11によせて

昭和二十年三月に何度目かの空襲がありました。私は小学一年生。疎開はしておらず、生家（雑貨卸問屋）の日本橋区（現・中央区）久松町に両親、兄弟と住んでいました。

太平洋戦争とよばれていたアメリカとの交戦の末期で、日本の敗戦色が濃く、日本橋は東京の中心であったから被害も大きく、空襲警報の度に幼かった私は祖母の手をひいて逃げまわり、近くの久松小学校の防空壕に逃げこみました。深夜にサイレンのひびくなか、祖母をかばいながらゆっくり走った子どもの心をよぎったのは、「これでもって死んじゃうの？」という言葉でした。

やがて終戦。私の家も焼かれ、幸い命永らえた一家は杉並区へと移り、なれない土地での生活がはじまりました。日本中、焼け跡、がれきの山。何よりも大きかったのは、戦死者の数。そして復興！

日本人の底力のすごさは、その満身創痍のなかから立ちあがり、十九年後には東京オリンピックを開催、東海道新幹線を走らせたこと。以降、日本は経済を発展させ、大国への道を突き進みました。

平成二十三年三月十一日、東日本大震災という国難が起こり、日本中がそのショックでふるえあがりました。

日本がやりなおすときがきたと私は思いました。そして、私が日本のためにできることは……。もちろん落語家だから現地へ飛んで、被災地の方がたへの慰労もしたし、募金活動も数かずおこないました。

だけど、私のできること、絵が描けること、俳句が好きなことで、もっと大勢の人びととつながり、心を結べないかと考えました。

安全な毎日、完成された人生なんぞはないと、私は思います。心に心を重ねること、手段は別にして何かで応援して差しあげることができたら……。

そんなこんなの発心から、この本を書きあげることにしました。

むずかしいことは一切抜き。〈やさしさは強さ〉。私たちは生きることに強く、したたかになっていきましょう！

林家木久扇

二〇一二年六月

ヒサイ地で　澤をこえよと　アビー選手

イチローの
技に日本を
ありがとう
（3月の試合）

人のため　父に誓った　卒業式

菜の花は　のびのびのびと　陽光に

復興の
地下足袋の裏
春萌ゆる

石巻　桜はつぼみ　四月半《なか》

顔見世や　つくしの兄弟　地を割って

塩釜に　のゝ字に飛ぶや　蝶の群れ

災害の　防止予算や　春テレビ

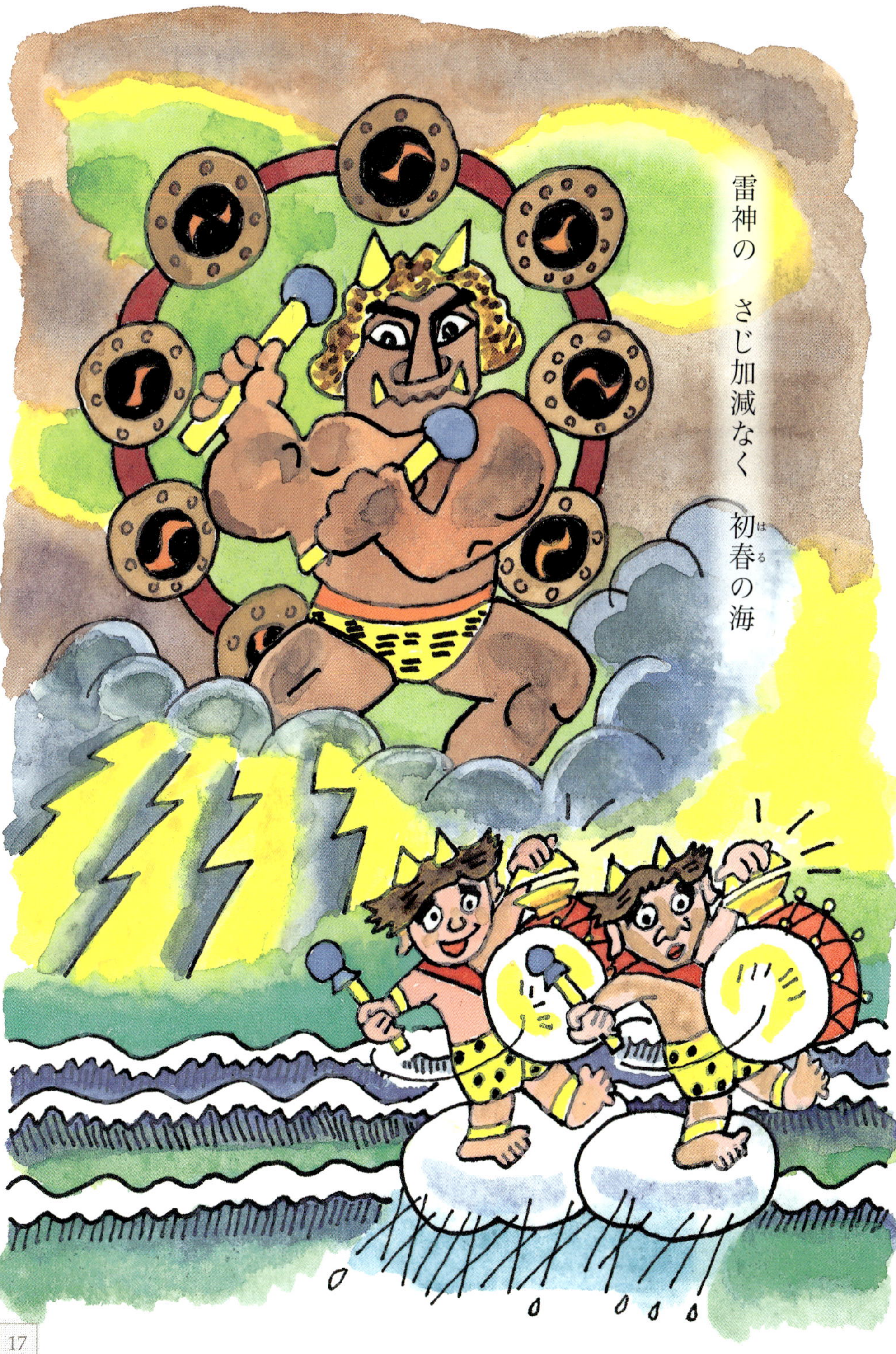

雷神の　さじ加減なく　初春《はる》の海

五月晴れ
除染の人等
昼休み

駆け抜ける　移動保育に　若葉かな

再開す　いわき長閑《のどか》に　水族館

歓声の　アクアマリンや　いわき春

雲急ぐ　秋晴空や　高速道

もみじ葉は　まだ緑にて　刻《とき》を待ち

宅配便　さんま百尾　剣箱《つるぎばこ》

（震災後に石巻より届いたさんま）

銀杏散り　母住む家は　金色に

吊し柿　オレンジ色の　ノレンかな

はしゃぐ子等
焼芋さして
落葉焚

年の市　みちのく大根　みつけたり

被災地に　養老乃瀧　燗の酒

金環食
照らす荒畑
神おりむ

風評に　ヤマメタケノコ　負けはせぬ

河童なら　津波なんぞは　何のその

春来る　されど昇太に　嫁も来ず

卒業の　演習日ですと　弟子休み

桜花　見上げて弟子は　箒《ほうき》とめ

隣人も　医院に居たり　春の風邪

中学生　寄席の二階で　大あくび

静まりし　客席の咳　突然に

白子干　さげていつもの　女客

焼栗の　熱きにむけず　見つめおり

夕月夜　孫をさとせる　妻の声

恋多き　猫は風呂場の　湯をのみぬ

とんび舞い　小春も暮れむ　又あした

床暖房　大という字に　猫ねむり

十二月　テレビつければ　百恵さん

志るこ煮て　鏡開きや　弟子来る

去年より　熊手大きく　事務所かな

俳人とよた三茶について

俳人とよた三茶《さんさ》こと、林家木久扇師匠とのお付き合いは、もう二十年以上にもおよぶ。およそ月に一度、ある俳句会でご一緒するのであるが、そうした折は、まことに熱心に私のアドバイスをお聴きになる。

三茶さんの俳句は「よく解る」、「明るい」、「たのしい」。そのことは本職のお仕事に通ずるのかもしれない。季題を大切に俳句を詠まれるのだが、つねに「人」への慈しみと、信頼に充ちている。つまり三茶さんは「人」が好きなのだ。

三茶さんは、今回の未曾有の大災害に際して、いち早く被災地を訪れられ、人々の役に立とうと奮闘された。さらに今回は、その折の作句に絵を添えられて日本全体を励まそうとされている。私もページを繰りながら、いつのまにか湧いてくる勇気にみたされることになるのだろう。

俳誌「夏潮《なつしお》」主宰　本井《もとい》　英《えい》

〈編集後記　音筆寄贈について〉

東日本大震災の4か月後の2011年7月、今人舎は、東京国際ブックフェアで『希望がわく童話集　白いガーベラ』（著／漆原智良、内田麟太郎、高橋秀雄、最上一平 他）の発表サイン会をおこないました。その年の暮れには、編集部と以前から親交のあった方からの紹介で、東日本大震災の復興を願う「復興 ＷＩＳＨくん」という活動に賛同。その本を出しました。続いて、震災のとき仙台に住んでいた歌人 俵万智さんの『俵万智3・11短歌集 あれから』（短歌／俵万智、絵／山中桃子）を発表。これらの本は、今人舎の「復興を願うシリーズ」として、作家自身の生声による朗読が聞けるＩＴ機器「音筆」とともに被災地に寄贈しました。朗読の聞き方は、それぞれの本の、□で囲んだページ数字に音筆でタッチするだけです。

音筆については、今人舎ホームページ、http://www.imajinsha.co.jp をご覧下さい。

今回、木久扇師匠の俳句画集を発表するに当たり、師匠にも、俳句をご自分で朗読していただくようお願いしました。師匠は快諾くださり、発売後、この本も音筆とともに被災地に寄贈することになりました。ということは、師匠は、俳句を詠んで絵を描いて、朗読もしたことになります。忙しい師匠のこうした活動を、読者の皆様にも是非知っていただきたいと考え、ここに付記します。

今人舎　編集部

●俳句・画／林家木久扇（はやしや きくおう）
1937年、東京生まれ。19歳のときに漫画家、清水崑氏に師事。清水氏の紹介により、落語家、三代目桂三木助門下へ入門。三木助没後、八代目林家正蔵門下へと移り、林家木久蔵となる。テレビ番組「笑点」のレギュラーなど、多方面で活躍している。2007年に林家木久扇襲名。おもな著書は、「林家木久蔵の子ども落語」シリーズ（フレーベル館）、『ぼくの人生落語だよ』（ポプラ社）、『大喜利ドリル』（講談社）、『林家木久扇のラーメンてんぐ　イカニモあらわるのまき』、『天才林家木久扇のだじゃれことばあそび100』（共にチャイルド本社）など多数。句歴は二十数年におよび、番町句会・本井英門下生である。俳号 とよた三茶（さんさ）。本書は著者によるはじめての句集となる。

編集／石原 尚子・大久保 昌彦
デザイン／西尾 朗子・信太 知美

笑いと元気が湧く
林家木久扇3・11俳句画集
これからだ

二〇一二年八月一日　第一刷発行

俳　句　林家木久扇
画　　　林家木久扇
発行者　稲葉　茂勝
印刷・製本　凸版印刷株式会社
発行所　株式会社今人舎
〒一八六―〇〇〇一
東京都国立市北一―七―二三
電話　〇四二―五七五―八八八八
FAX　〇四二―五七五―八八八六

ISBN978-4-905530-10-7　NDC911
Published by Imajinsha Co., Ltd. Tokyo, Japan
今人舎ホームページ　http://www.imajinsha.co.jp
E-mail　nands@imajinsha.co.jp

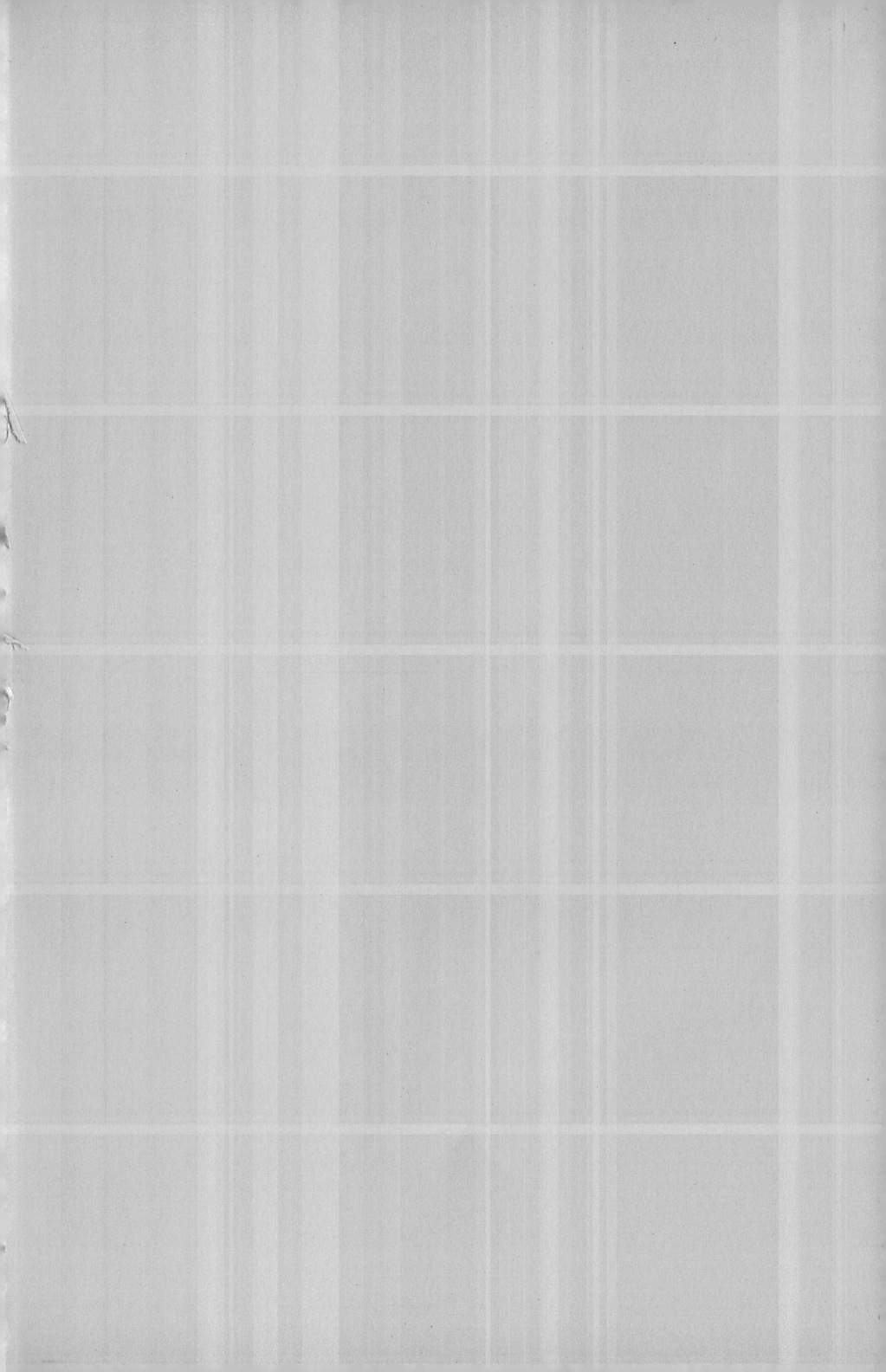